첫 시집
만경강 유역에 서서

이용문 지음

서언

그동안 틈틈이 써 모아둔 글을 독자 여러분과 함께 나누게 됨을
영광으로 생각합니다.
돌이켜 보면 지나온 삶은 많은 사람들로부터
은혜를 입고 살아왔음을 고백합니다.
앞으로의 삶은 받은 은혜를 갚으며
살아가려고 합니다.
글을 지도해 주신 원광대학교 채규관 교수님,
출판할 수 있도록 배려해 주신 청어람 서경석 사장님께
감사를 드립니다.
이 모든 것이 하나님의 은총입니다.
감사합니다.

2006년 부활절을 기다리며

이용문

제1부
때가 있듯이

심령이 가난한 자는 복이 있나니
천국이 저희 것임이요
애통하는 자는 복이 있나니
저희가 위로를 받을 것임이요

— 마태복음 5장 3절~4절 —

때가 있듯이

세상을 떠나기 전에
하늘 문이 닫히기 전에
구원의 때도 있습니다.

건강할 때
시간과 재물이 있을 때
지나고 나면 후회함이 없어야 하고

이웃에 무관심하고
영혼을 사랑하지 않고
있을 때보다 아픔이 있는 법입니다.

꽃이 필 때가 있으면 질 때도 있듯이
삶은 꿈으로 비롯되어 빛나는 것입니다.

낙엽

나뭇잎이
그 사명을 다하고 질 때
우리를 숙연하게 한다.

지는 낙엽은 우리에게
영원한 존재가 아니라
유한한 존재임을 마지막 가르쳐 준다.

낙엽을 바라보면서
떨어지는 낙엽을 보면서
우리는 하나님을 본다.

농심

농부가 밭을 갈고
씨를 파종하는 마음으로
삶을 살아야겠다.

내 밭만 갈지 말고
이웃의 밭
세상의 밭도 같이 갈아야겠다.

믿음의 씨
소망의 씨
사랑의 씨 듬뿍 심어

30배
60배
100배 결실 맺어

농부가 가을걷이로
창조주 하나님께
영광 돌리어야겠다.

푸른 초장에 눕자

푸른 초장에 눕자
영적 안식과 평안을 얻기 위해서.

주님의 발아래 앉자
생명의 말씀을 받기 위해서.

전신 갑주를 입고 일어서자
사탄 마귀와 싸워 승리하기 위해서.

빛 가운데로 걸어가자
세상에 빛과 소금이 되는 삶을 위해서.

푯대를 향해 달음박질하자
생명의 면류관을 받기 위해서.

독수리같이 높이 날아올라 가자
새 힘 얻어 하나님께 영광 올리기 위해서.

때를 얻든 못 얻든 말씀 전하자.
복음에 소외된 자를 위해서.

성탄절

우리를 죄에서 구원하시기 위해서
천한 육신을 입고
하나님 이 땅에 오신 날

십자가에 못 박혀 돌아가시려고
예수 그리스도께서
아기 예수로 태어나신 날

누울 자리 없어 말구유에 나셨네.
동방박사 경배하네.

하나님의 뜻을 이루려고
구원의 메시아 이 땅에 오셨네.

할 수 있습니다

우리는 할 수 있습니다.
항상 기쁘고 행복한 삶,
매사에 기도하는 삶,
모든 것에 감사하며 생활하는 삶.

우리가 무엇이든지 하면 됩니다.
하나님의 자녀가 되면
그리스도가 구세주임을 입으로 시인하면.

우리는 할 수 있습니다.
가족 구원을
이웃을 교회로
민족 복음화를.

눈

눈이 펑펑 내리고 있습니다.
아이들은 눈사람을 만들려 합니다.
농부는 금년 농사 풍년이 든다고 좋아합니다.
강아지도 좋다고 껑쭝껑쭝 뛰놀며 발자국을 남깁니다.

내린 눈이 수북수북 쌓였습니다.
미화원 아저씨는 일거리가 많아졌다고 합니다.
우리 할머니는 길이 미끄럽다고 싫어합니다.
달동네 아주머니는 춥다고 걱정합니다.

눈이 세상을 하얗게 덮었습니다.
쓰레기 더미 위에도
이웃 사람의 마음에도
사랑이 식어 가는 내 마음속에도.

설날

설날 아침에
까치는 귀한 손님 온다고 지저귀고
어머니는 음식 장만에 손이 마르지 않고,

설날 아침
설빔 입고 세배하며
덕담으로 새해를 맞는다.

설날은
복 받고 빌어 주는 날
떡국과 나이를 바꾸는 날
묵은 해 버리고 새 출발하는 날.

어머니 1

충청도 양반 최씨 문중에서 태어나
전라도 이씨 집안으로 열아홉에
나룻배 타고 금강 건너 시집와서
육 남매 이 세상에 내보내고
뒷바라지하느라 고생만 하다가
좋은 세상 한번 살지 못하고
하늘나라에 가신 어머니.

무엇이 급해 쉰셋의 짧은 삶을 마감했습니까.
이제야 철들어 효도하고 싶어도 계시지 아니하니
당신 앞에 국화 꽃 한 송이 올립니다.
우리 엄니
오늘따라 어머니
당신을 불러봅니다.

나는 어머니를 볼 수 없으나
어머니는 하늘에서
아플 때 빨리 나으라고
쓰러질 때 힘내라고

곁길로 갈 때 바로 가라고
올바른 사람 되라고 기도하지 않겠습니까.
하늘 나라에 가신 어머니.

어머니 2

첫눈 내린 밤 꿈으로
어머니가 보입니다.

당신을 닮아
추위를 타는

막내 자식이
걱정됩니까.

오늘도 어머니 마음
하늘에서 바라봅니다.

아버지 1

차창 밖
저편에 지팡이 의지하여
힘겹게 걷는 한 노인입니다.

그 순간
아버지가 떠오르며
측은한 마음입니다.

가까이 다가섰는데
아뿔싸,
그분은 팔순 넘은 아버지였습니다.

아버지 2

자식이 아파 누워 있을 때
당신의 지난 삶을 헤아려 보고

딸 출가할 때 얼굴로는 웃지만
마음속에는 눈물이 젖어 있고

무관심한 것처럼 보이는 것
속내를 드러내지 않지만

아버지는 그리워하는
당신의 자리를 안다.

아버지 3

팔순 아버지 등을 밀다가
작아진 어깨 속에서
당신 삶의 흔적을 봅니다.

며칠 전에도 동네 어른이 돌아가셨고
아버지도 언젠가 가야 할 그 길을
알리는 시그널 아닌가.

허공을 바라보면서 숨을 쉬는 동안
아버지는 살아온 당신의 세월을 내뱉습니다.

부부

둘이 한 몸 이루도록 한
거룩한 섭리거니

말없이 눈빛만 보아도
읽을 수 있다.

피차에 복종하며 믿고 의지하여
인격으로 하나 된다.

하나가 넘어지면 하나가 일으키고
행복은 스스로 찾는 것.
세월을 아끼며 살자.

지난날 추억 나누면서
인생 길 동행하자.

죽음

올 때는 순서가 있지만
갈 때는 순서가 없다.

부르면 누구도 피할 수 없는 것
몇 백 년 살 것 같은가.
어리석은 인생이여.

오늘밤 네 영혼을 부르면
모든 수고 허사가 되네.

오늘은 나의 노래
내일은 너의 노래

죽음은 멀리 있지 않고
우리 곁에 있었네.

할미꽃

산기슭 양지바른 곳에
구부정한 할머니
지나온 삶을 본다.

다소곳이
고개 숙인 할미꽃은
겸손을 실천하는 모범이 된다.

이제 그 자취를 감추어
만나볼 수 없는
할머니의 모습을 본다.

눈물

아버지는 슬픈 눈물 젖고
어머니는 속절없이 눈물 흘린다.

할아버지 삶에서 눈물을 딛고
할머니 애환이 눈물을 쓰다듬는다.

나는 애통할 때 눈물 보이고
흘린 눈물에서 사랑을 한다.

강도의 눈물에는 참회가 있어야 하고
예수님은 사랑의 눈물을 준다.

살아 있음에 눈물이 있고
눈물로써 행복이 있다.

강태공

아이들은 물고기를 잡고
늙은이는 삶을 낚아 올린다.

나는 흐르는 강물에 환상을 널어
아버지, 그 격동의 세월을 낚는다.

강물 따라 흘러간 세월 어디 갔는가.
덧없는 인생 고이 보내는가.

오늘도 낚싯대 드리우고 있다.
푸른 강물은 도도히 흐르고 있다.

새치

언제부턴가 귀 언저리에
흰 머리카락이 한두 개 보이고 있었다.

처음에는 보기 싫어
한 개 두 개 뽑았는데
이제는 너무 많아 더 이상 뽑을 수 없다.

어릴 적, 흰 머리카락 보기 싫다며 족집게 들고
거울 앞에 선 어머니의 모습 아직도 눈에 선한데
어머니, 당신이 보이지 않는 자리에 나 홀로 서 있습니다.

삐쭉삐쭉 솟아난 흰 머리카락으로
이제 당신 자리에 내가 서 있습니다.
아마, 당신의 길을 가고 있습니다.

만경강 유역에 서서

만경강은 분노한다.
일제 치하의 만행을 분노하고
공산당의 잔혹함을 분노한다.

만경강은 증언한다.
농부의 애환을 증언하고
노동자의 고달픈 삶을 증언한다.

만경강은 알고 있다.
보릿고개의 힘겨운 삶은 동화처럼 풀어
부모님의 눈물을 내고

만경강은 한 서린 역사 강물에 안고 흐른다.
풍요와 번영을 나누자고 도도히 흐른다.

제2부
아름다운 손

내가 산을 향하여 눈을 들리라
나의 도움이 어디서 올꼬
나의 도움이 천지를 지으신
여호와에게서로다.

─시편 121편 1절~2절─

살인자

죄 없는 자 있다면
누구든 돌을 던져라.

시를 쓰고 그림을 그리던
두 마음이 있다더니

사탄이 틈타지 못하도록
전신갑주로 무장하고 깨어 있지 못하면

마음을 다스리지 못하면
악마의 손에서 자유로울 수 없다.

죄는 증오하되 사람은 미워하지 말라.
우리 모두는 미움을 안타까워하라.

영생하소서

죽음에 이르는 당신을
바라볼 수밖에 없는데
나는 내 자신의 부끄러움으로 노여워합니다.

통증으로 몸부림치는 당신을
차마 쳐다볼 수 없어
허공을 우러러 마음을 추스릅니다.

당신 눈에 비친 눈물은 무엇으로
내 가슴을 적시고 있습니까.
긴 한숨은 어떤 약속으로 맴돌고 있습니까.

이 세상 모든 미련 다 접고
편한 마음 가지고 하늘에 소망을 가지소서.

못다 이룬 꿈 저희에게 다 맡기고
천국으로 가소서.

잠 못 이루는 밤

어머니는
셀 수 없는 날
잠 못 이룬 밤을 보내겠지.

직장에서 퇴직당한 이웃집 아저씨
휴전선을 수호하는 초병들보다 더 아프게
어머니는 잠 못 이루고 있었겠지.

십자가 지시기 전날 밤 겟세마네 동산에서
기도하시던 예수님 잠 못 이루고 계시었듯이.

잠 못 이룬 밤
지난 세월을 셈하여 보고 있겠지.

여름나기

개구쟁이들이 물장구치고 있을 때
할아버지는 느티나무 아래서 세월을 본다.

소녀의 손에는 아이스크림이 들려 있고
뒷집 수험생 사전에는 땀방울이 맺혀있다.

더위 먹은 강아지는 헐떡거리고
매미는 가는 여름 아쉽다면서 울고 있다.

얼음 실은 자전거가 부지런히 달려가는 동안
아버지의 얼굴에는 주름 하나가 피어 있었다.

본향

향수가 아파
이끌려 가는 걸음이다.

고향 냄새 변하지 않았는데
찾는 이는 보이지 않는데

늙은 느티나무만 자리를 지키며
고향 소식 들려주고

고향은 가슴에 묻고
저 본향을 향해 나래를 펴는데

고향집과 학교 운동장은
지워져 가고 있다.

틀니

아버지는 새로운
치아가 생겼다.

아버지는 틀니를 닦으면서
녹록치 않은 세월을 조인다.

아버지 얼굴에는
주름 하나 더 는다.

세월 1

화살촉에 묻혀간 세월
서산을 묻고

작금
등불 따라 밤길 간다.
그리운 날이 간다.

앞산에 둥지 튼 파랑새
잡으러 가자.

오늘은 내 세상
내일은 네 세상
물으며 가자.

세월 2

철들어 효도하려니
어머니는 기다리지 않고

맛있는 음식을
올리려 해도
끝내
드시지 못하는 것을

뒤늦은 날
좋은 구경 시켜 드리려해도
건강이 허락지 않는 것.

아버지 이마가 깊이 패인
그 자리 주름이 세월을 넘기네.

세월 3

부자가 길을 간다.
따라가기 힘들다며
가는 걸음을 멈춰 선다.

단장에 의지하여
외출하는 아버지 떠오른다.

운동회 때 쌀가마 지고
운동장을 누비던 아버지

세월 앞에 장사 없다는데
백발노인 되었다고
계면쩍어하시는 아버지여.

채송화

작은 키가 가난에 눌린
어머니를 닮았지.

어머니가 즐겨 입던
자주색 저고리 닮았지.

누이 시집갈 때
어머니가 만들어준
분홍색 밥보자기 떠오르고

어머니가 가실 때 입었던
하얀 옷이 배여 있었지.

쌍계사 계곡

산자락 기어오르는
계곡 따르는 소낙비.

개구쟁이 가재를 잡고
아버지는 잔열을 식힌다.

인생사 계곡 물 흐르듯
세상일을 엮는다.

섬진강

건장한 사내다운 지리산 품을 따라
더러는 부드러운 여인처럼
젖어 흐르는 섬진강

구한말 의병의 외침도
여순 사건도 섬진강은 알고 있다.

전라도와 경상도를 가로지르는
동서 화합의 배를 띄워놓은 섬진강.

나룻가

어머니 나룻배 타고 시집왔나요.
집나간 며느리를 기다리나요.

노총각을 객지로 보내는 노모의 얼굴에
막내딸 시집보내는 어머니의 얼굴에
언제나 눈물이 맺힌 곳.

세월을 실어 나른 나룻배,
사람을 그리워하는 자리인가요.

해바라기

키가 큰 해바라기
아버지를 닮고
저 노오란 색조에서
어머니 마음을 보았지.

해만 바라고 살지만
부모님은
자식의 꿈을 바라보았지.

해가 지고 고개 떨굴 때
흘러간 세월을 찾았지.

휴전선

실향민의 가던 길을
철조망이 막는다.

무당개구리 당당하게
철책을 건너간다.

찌르레기 고향 소식 가지고
북쪽 향해 비상한 지 오랜데

저 북녘 산아,
자유는 언제 올 것인가.

실향민의 가던 길을
철조망이 막는다.

길

간다.
길을
가고 있다.

간다.
또다시,
지나간다.

오늘도
내일도
가고 있다.

야구와 인생

9회전 경기 하는 동안
세 번의 호기 온다고 한다.

사람도 세상을 사는 동안
세 번의 기회 찾아온다고 한다.

지금은 9회 말 투아웃
치고
받고
던지자.

아름다운 손

밤을 새며 바느질하는
피멍 맺은 희생을 본다.

사랑의 회초리 같은
세월을 느낀다.

주름진 두 손 모아 기도하는
어머니의 거친 손을 본다.

엿장수

마을 어귀 엿가위로
장단 치며 사람을 모은다.

아이들은 엿치기하고
어른들은 아이들 꿈을 본다.

동생은 엿 먹다가
이빨이 빠졌다 운다.

선물

언제 받아도 좋다.
사랑이 담겨 있기에 좋다.

받고 좋아라 하는 모습이
주는 기쁨을 크게 한다.

주는 것
아낌없이 주는 삶을 살자 한다.

제3부

자화상

무릇 더러운 말은
너희 입밖에도 내지 말고
오직 덕을 서우는데
소용되는대로 선한 말을 하여
듣는 자들에게
은혜를 끼치게 하라

—에베소서 4장 29절—

사계

시간의 흐름에도
순응하는 자연인데

험한 세풍을 견뎌온
그 자연 실망하지 않는다.

철따라 더불어 찾아드는
소중한 선물
인간의 탐욕으로 가리지 말자 한다.

고깃국

명절에나 먹어보는
고깃덩어리는 보이지 않고

고기 한쪽 더 먹으려고
분주하게 움직인다.

고기 한쪽 건져다 주면
조카는 그렇게 좋아한다.

술지게미

출출한 날
술 빚고 남은 찌꺼기 사다가
사카린 넣고 끓여
한 사발씩 먹는다.

형의 얼굴은 불그스레하고
누나는 취해 코를 골고
가난한 그 시절
술지게미 먹는 정이 우릴 부른다.

어머니의 손

회초리를 들 때는
사랑의 손이다가

기도할 때는
믿음의 손이다가

세상사 아름다운 것
어머니 손과 같다.

보름달

어머니는 자식의
건강을 위해 빌고 있다.

실직당한 아저씨는
일터를 달라고 빌고 있다.

시집 못 간 노처녀는
백마탄 용사를 보내 달라
기도하고 있다.

분만실 풍경

시어머니는 아이의
건강을 묻고

친정어머니는 산모의
건강을 묻는다.

친정어머니는
순산했다고 좋아하고

시어머니는
고추 달고 나왔다고 기뻐한다.

유신에 대한 것

머리카락에
철학이 있다.

미니스커트는 개성인데
퇴폐라고 단속한다.

사이렌 소리가
야간 행동을 금지시킨다.

민심이 천심인데
바른말 한다고 잡아 가둔다.

호통소리

언제인가부터
작아져 가는 아버지의 호통소리에
세월이 애려옵니다.

지난날
불같은 호령소리는
바로 당신이었는데

이젠
당신의 호통소리를 가슴에 담고
애린 가슴을 여밉니다.

등산

산을
오르고 있다.

힘이 겨울 때마다
산에 오르자.

오늘도 산을
오르고 있다.

산이 나를
기다리고 있다.

콩쥐팥쥐

어릴 적에 보았던
콩쥐팥쥐

설마 설마
했었는데

새어머니
맞이하니

콩쥐의 맘고생
헤아리겠네.

절규

자식은 부모의
가슴에 묻힌다는데

차라리 나를 데려가라고
누가, 절규하는가.

하나님의 섭리는
알 수 없지만

누가 이 땅에서 허망해 한다.
하늘이 애고지고 한다.

운동화

친구가 신은 것을 보면
한번 신어보고 싶었네.

밥을 먹지 않고
엄마에게 졸라서

얻어 신은 운동화
닳을까 봐 들고 다녔네.

잃어버릴까
꼭꼭 숨겨두었던

어머니가 사주셨던
그 검정 운동화네.

자살

얻어먹을 수 있는 힘만
있어도 은총이라 말한다.

삶이 힘이 든다며
쉽게 포기하는데

응급실에 가보자.
몸부림치는 저들의 모습을 보자.

구제

자선냄비가 길손의
발걸음을 잡는다.

남루한 할머니가
지폐 한 장 넣고

코흘리개 어린이가
동전 던진다.

주는 자가 복되다고
예수님 말씀하셨다.

내 리사랑

사랑은 내리
사랑이라 한다.

자식이 아프다면
병원에 달려가지만

늙은 부모 끙끙 앓아도
참아보라 말한다.

자신을 위해서는
단돈 몇 푼을 아끼면서

자식을 위해서는
아낌없이 쓴다.

질투

부모의 사랑은
동생에게 빼앗기고

형제의 우애를
형수와 나눈 자리

누이의 관심을
매형에게 넘겼거니

나는 처갓집에서
아내를 데려왔다.

자전거

여기가 큰집이었는데
언제부터인가
이 자리
낡은 자전거가 방치되어 있다.

자전거를 탈 수 있는 건강이
아버지의 건재임을 몰랐는가.

이따금씩 자전거를
닦던 시절을 놓고
먼 산을 바라본다.

발자국

눈 위에
커다란 발자국 하나
아버지의 발자취입니다.

작은 발자국
어머니가 남긴 흔적입니다.

그러나
보이지 않는
내 발자국은 만들고 있습니다.

바둑이

옆집 강아지에게
남은 음식을 주었는데

볼 때마다 달려와
재롱을 부리더라.

변함 없이 주인에게
반기는
저 미물에게서
효심을 본다.

자화상

거울 속에
비춰진 모습이다.

세월의 흐름만큼
군살이 어려 있고

얼굴이 낯설고
유들유들함이 묻어 있고

그래도 거울을 보면
새 단장한 모습이다.

제4부
사랑이 없으면

사람이 마음으로 자기의 길을 계획할지라도
그 걸음을 인도하는 자는 여호와시니라

─잠언 16장 9절─

성적표

성적표 도착 시간에
우체부를 기다렸던 기억

아버지 몰래 도장을 찍다
혼이 난 적이 있다.

장롱 속 색 바랜 성적표에
회한이 서는구나.

연꽃 같은 삶

진흙 속에서 피어나지만
진흙에 묻어나지 않고
시류에 흔들리지 말자.

물 한 방울의 자국도
연꽃잎에 남기지 않는 것처럼
고고한 삶을 살자.

만개한 연꽃이
향기로 가득 채우는 것처럼
고결한 인품의 그 향기를 발하자.

시간

전쟁터에 보낸 자식 두고
하루가 천 년 같고

감옥 간 남편의 출소를 바라는 아내의
하루는 천 년같이 길다.

집행을 가다리는 사형수 가족들은
천 년이 하루 같고

시한부 삶을 사는 환자의 부모는
천 년을 하루같이 산다.

감사

곡간에 양식이
없을지라도

몸에 질병이
있을지라도

거처할 처소가
없을지라도

그래도 살아 있음을
감사하자.
감사해야 한다.

스캔들과 로맨스

당신의 걸음이 빠르면 자발스럽고
내 걸음이 빠르면 부지런한 것인가.

당신이 화장을 하면 사치요,
내가 화장하는 것은 에티켓인가.

당신이 합격하면 벌써라고 말하고
내가 합격하면 이제서야란 말인가.

당신이 주여 하면 기복신앙이요,
내가 주여 하면 믿음이 있기 때문인가.

인생의 가치

세월을 낭비하는 삶은
무미건조한 생존 법이다.

그 속엔
세상을 달관하는
보화가 잠겨 있다.

지혜로운 삶을
사는 자는
깨달음과 더불어
자신을 비우는 것이다.

희생의 대가

인간의 삶 속에 화평이 없다면
그 생존은 정지된 시간과 같다.

소금이 자신을 녹여 짠맛을 내듯
누군가는 희생의 대가를 지불해야 한다.

좋은 재료로 만든 음식이라 할지라도
간이 맞지 않으면 삶의 풍미가 없다.

사랑이 없으면

사랑하기보다는
사랑 받기를 좋아하는 것은
내 속에 사랑이 없기 때문이여.

주기보다는
받기를 즐겨하는 것은
내 속에 사랑이 없기 때문인데.

내 마음속에 기쁨보다
불만을 갖는 것은
내 속에 사랑이 없기 때문인데.

형제의 눈 속에 티는 보고
내 눈 속에 있는 들보를 깨닫지 못하는 것은
내 속에 사랑이 없기 때문이여.

반딧불

개똥벌레 한 마리가
원을 그리며 사랑을 구하고

아이들은 도깨비불 나타났다며
무서워 사방으로 줄행랑이다.

진나라 차윤이 여름 밤 반딧불로
밤새워 상서랑 된 유래를 아는지

어렵사리 잡은 개똥벌레 꽁무니에서
반짝이는 불빛을 보고 소리를 지른다.

화장터

애간장 터지는 소리가 난다.
미련
사랑
괴롬은 냇내에 날려보내고

한 줌의 재로
변한 육신을 본다.

영혼의 세상으로
돌아가는 자리를 본다.

농부의 지혜

농부는 구멍마다
세 알의 콩을 심고

한 알은 날짐승에게
먹고 살어라 심고

또 한 알은 땅속의
벌레들이 먹게 하고

마지막 한 알만 싹을 틔어
농부의 몫이 되란다.

말 한마디

무심코 던진 돌멩이
개구리가 죽어간다.

스승의 말 한마디에
삶이 달라지고

재판관의 말 한마디에
생사가 달려 있다.

지혜자의 그 말 한마디가
영혼을 살찌운다.

백구정

나루터 주막에서 시름 놓고
회포를 풀고
나는 낚시로 세월을 건져낸다.

만경강 오르내리던
소금 배는 보이지 않고
옛 선비의 숨결만이 얼렸다 흐른다.

황금빛 무리가 길손을 맞이하고
흰 갈매기 한가로이 날갯짓하고
나루터 저 능선에 구름만 놀다 간다.

사랑의 강물

강바닥이 뒤집혀져야
맑은 물이 흐르듯

당신이 내 가슴을
뒤집어놓아야

내 자신 스스로 가슴을
뒤집어놓아야

맑은 사랑의 강물이
흐를 수 있다.

허수아비

할아버지 모자를 쓰고 있는
허수아비는
인자함이 배어 있고

어머니 윗저고리를 입고 있는
허수아비는
성실함이 있다.

할아버지는 들녘을 지키고
아버지는 세월을 지킨다.

무소유

대문을 활짝 열어
놓고 다녀도 좋다.

늦은 밤에도 강도를
무서워하지 않아도 좋다.

길이 복잡해도
불편함을 느끼지 못해도 좋다.

집안에 재물이 없기 때문이다.
가진 것이 없기 때문이다.

경찰이 뒤쫓아 와도 무섭지 않는 것
죄가 없기 때문이다.

들꽃

꽃이 아름답지
않을지라도

향기가 나지
않을지라도

눈길 주는 사람이
없을지라도

자리를 지키는
들꽃이 좋다.
주인 없는 꽃이 좋다.

과욕

과속은 사고를
야기하고

과로는 생명을
단축시키고

과식은 만병의
원인이 되고

과욕은 영혼을
파멸시키는 것.

육욕은 무엇인가.
영혼은 무엇인가.

세상에는

이 세상에는
우리에게 꼭 필요한
사람이 있습니다.

이 세상에는
우리에게 있으나마나 한
사람이 있습니다.

이 세상에는
우리에게 있어서는 안 될
사람이 있습니다.

눈치 보기

부모의 눈치 보던 엊그제,
이제는 자식의 눈치를 본다.

부모가 눈치 보이면
마음 판에 새기고

자식이 눈치 보이면
세월에 실려 보낸다.

제5부
이리역

우리가 알거니와 하나님을 사랑하는 자
곧 그 뜻대로 부르심을 입은 자들에게는
모든 것이 합력하여 선을 이루느니라

— 로마서 8장 28절 —

고백

남이 성공하면 박수를 보내지만
속으로는 시새움합니다.

남들 앞에서는 착한 척하지만
뒤돌아서면 잔꾀를 부립니다.

남의 실수에는 엄하지만
내 자신의 대해서는 관대합니다.

나는 믿음이 적으면서도 남들
앞에서는 믿음이 많은 척합니다.

두 마음

믿음이 있습니다.
소망이 있습니다.
사랑이 있습니다.
감사가 있습니다.

그런데 불안한 마음도 있습니다.
그런데 초조한 마음도 있습니다.
그런데 미워하는 마음도 있습니다.
그런데 불평하는 마음도 있습니다.

호박 예찬

호박꽃의 넉넉함이
어머니 마음 같다.

둥그런 호박잎은 누나
얼굴 닮아 좋다.

묵묵히 열매 맺어
주인에게 안겨준다.

약손

어린 시절 배앓이 하면
배를 쓸어주었다.

꾀병을 앓아도 부둥켜안고
배를 쓰다듬어 주었다.

어머니 손길이 그리운가.
배가 아픈 세월을 본다.

구절초

산 중턱 바위틈에
숨어 지내다가
길손을 맞으려 꽃 피우고는

은은한 꽃향기
젖어들다가
가슴속으로 배어들어
숨이 차더니

기다림의 날을 두고
한철을 두고
지난 세월을 부르고 있다.

들국화

서두르지 않고
기다릴 줄 아는 너는
내 누이의 웃음 닮았다.

일찍 싹 틔우고
찬 서리 맞으며 꽃을 피운 너는
내 어머니의 자상한 몸짓 같다.

가을 향기 머금고 가는 뜰을
누구든 걸어야 한다.

세월을 맞이하고 보내는 연정을
여기 와서 맞아야 한다.

소나무와 할아버지

할아버지는 소나무 오르며 솔방울을
장난감 삼아 놀며 성장했고

춘궁기에는 소나무 껍질로
허기진 배를 채우며 연명했고

가실 때에도 소나무 궤에 실려
솔숲에 묻히는 길을 가고 있었다.

승자와 패자

승자는 일할 때 최선을 다하며
놀 때 확실하게 쉰다.

패자는 일할 때 적당히 하고
놀 때 어설프다.

승자는 실패의 원인이
내게 있다 말하지만

패자는 실패의 원인을
네게 있다 말한다.

이리역

삼일 만세 삼창으로
메아리쳤던 역 광장

오인 폭격으로 양민에게
아픔을 안겨준 역 광장

화약 폭발 사건으로
초토화되었던 역 광장

오늘도 철마는 달린다.
세월을 증언하고 간다.

배고픔

배고픔을 아는 사람은
남에게 베풀 줄을 알고 있다.

눈물을 흘려본 사람은
이웃의 아픔을 알고 있다.

나무를 심어본 사람은
백 년 앞을 내다볼 줄 알고 있다.

상사화

열매도 맺지 못해
운명 걸어 맨다.

연모의 정을
이루지 못해
환생한 상사화인데

긴 목을 빼고 앉아서
님을 그리워하는가.

보물찾기

아이들은
보물을 찾아 헤매고

젊은이는
꿈을 찾아 헤매고

노인들은
지난 삶을 찾아 헤매는데

보물은 보이지 않고
땅거미만 밀려온다.

시간

유년의 시간은
기어가고

청년의 시간은
걸어가고

장년의 시간은
뛰어가고

노년의 시간은
날아간다.

이것이
삶과 시간의 등식이다.

파종

눈물을 심으면
기쁨을 거두고

사랑을 심으면
행복을 거두니라.

인내를 심으면
소망을 거두고

기도를 심으면
감사를 거두니라.

당신

좋아한다
고백할 수 없고

보고 싶다
말하지 못하고

그래도
생각이 나면

가슴에
묻고 싶다.

이 자리
멀찍이 서서
바라보아야 하는 당신.

염려하지 말라

무엇을 입을까
염려하지 말라.

무엇을 먹을까
염려하지 말라.

어디서 잘까
염려하지 말라.

생명은
촌음을 아끼는 것.

염려하지 말라,
염려하지 말라.

산

산에 오르면 평온함이 샘솟고
욕망의 찌꺼기 떨쳐 보내는 것

산을 찾는 자 산을 포용해야 한다 .
넉넉함 품으로 안아야 한다.

산은 때론 침묵으로 반기 운다.
인간의 교만을 받아주지 않는다.

산으로 가자.
어머니 가슴처럼 포근한
산을 찾아 산으로 가기로 하자.

산에 오르면 평온함이 샘솟고
욕망의 찌꺼기 떨쳐 보내는 것.

욕망

생각하지 말아야하는 것
그것을 생각하는 것이 욕망이요.

바라보지 말아야하는 것
그것을 바라보는 것이 욕망이요.

가지 말아야하는 것
그것을 찾아가는 것이 욕망이요.

소유하지 말아야하는 것
그것을 소유하는 것이 욕망이다.

완행버스

울퉁불퉁 자갈길 쉬엄쉬엄 지나간다.
뿌연 흙먼지 일으키며 무심하게 간다.
시골길 마을 어귀로 다가가는 버스여

깜박 졸던 아이는 환호성도 치던 시절
엄마의 손에는 검정고무신 들려 있고
아이는 좋아라 하며 앞장서 집에 간다.

시골 길 덜커덩거린 냄새나는 길을 간다.
소식도 싣고 몸도 싣고 정도 나누며 간다.
산꽃 핀 고향 산천을 누비고 지나간다.

민들레꽃

하얗게 꽃 피우는
민초의 삶을 보자.

바람에 날린 홀씨
담벼락에 틈새를 두고

고초를 헤치는 세월
봄철의 산하를 보자.

논두렁 밭두렁에
터를 잡고 있더니만

수없는 침공에도
굴하지 않더니만

이 영지 우리의 터전
민초의 근성을 보자.

만경강 유역에 서서

초판 1쇄 찍은 날 § 2006년 3월 24일
초판 1쇄 펴낸 날 § 2006년 3월 31일

지은이 § 이용문
펴낸이 § 서경석
편집장 § 오태철
본문 편집 및 디자인 § 정은경
펴낸곳 § 도서출판 청어람
등록번호 § 제1081-1-89호
등록일자 § 1999. 5. 31
주소 § 경기도 부천시 원미구 심곡1동 350-1 남성B/D 3F (우)420-011
전화 § 032-656-4452 팩스 § 032-656-4453
http://www.chungeoram.com
E-mail § eoram99@chollian.net

© 이용문, 2006

ISBN 89-251-0042-8 03810